W0415179

Jakub Debowski

back to front

story.one – Life is a story

story.one

FSC
www.fsc.org
MIX
Papier aus verantwortungsvollen Quellen
Paper from responsible sources
FSC® C105338

1st edition 2024
© Jakub Debowski

Production, design and conception:
story.one publishing - www.story.one
A brand of Storylution GmbH

All rights reserved, in particular that of public performance, transmission by radio and television and translation, including individual parts. No part of this work may be reproduced in any form (by photography, microfilm or other processes) or processed, duplicated or distributed using electronic systems without the written permission of the copyright holder. Despite careful editing, all information in this work is provided without guarantee. Any liability on the part of the authors or editors and the publisher is excluded.

Font set from Minion Pro, Lato and Merriweather.

© Cover photo: canva.com

ISBN: 978-3-7115-0391-6

«Wenn jemand sowas schreiben kann, dann du!»
~ Zorica

danke, dass du an mich geglaubt hast

INHALT

FREMDE

Jede Geschichte beginnt mit dem Ende einer anderen. Jede Geschichte trägt Echos der vorangegangenen in sich.

und so wie in einem Buch...

irgendwann triffst du auf das letzte Kapitel, du blätterst die letzte Seite um, das Buch ist zu Ende

auch wenn es wehtut, auch wenn du wissen willst, wie es weitergeht, fängst du nun mit einer neuen Geschichte an

...so auch im Leben.

Ich schlage mein Notizbuch zu und werfe es auf das andere Ende des Bettes. Dieser Morgen gehört auf keinen Fall zu den Guten. Er fühlt sich so leer an. Ich fühle mich leer an. Eigentlich schon immer. Aber in solchen Situationen wird das Gefühl deutlich verstärkt. Ich weiß nicht, was ich mit mir anfangen soll. Wohin mit mir? Draußen ist es bewölkt, jedoch die ein paar blendenden Sonnenstrahlen in meinem Gesicht zwingen mich zum Aufstehen. Aber zuerst noch ein kurzer Schrei in mein Kissen. So, jetzt bin ich bereit.

Ich stelle mich vor den Spiegel und beobachte meine zittrigen Hände, meine Augenringe, die die Hälfte meines Gesichts bedecken, meine knochigen Beine. In der letzten Zeit nahm ich viel ab. Es wird schwer, alles wieder nachzuholen. Ich schaue die Erbärmlichkeit an, die vor mir steht, und das zieht mich noch mehr runter. Warum tue ich mir das an?

Ich würde liebend gerne etwas kaputtmachen. Ich würde gerne so laut schreien, dass ich die ganze Stadt auf die Beine stelle. Ich würde gerne... ich habe keine Kraft für all das, was ich jetzt gerne tun würde. Ich gehe zurück in mein Bett, greife an mein Notizbuch und fange wieder an zu schreiben. Das ist mein einziger Fluchtweg. Meine einzige Rettung aus dieser Situation, in der mich gleich befinde. Ich hasse es!

Am Horizont ein paar Tropfen Regen, eine Wolke
und Blitz; ein winzig kleiner Sonnenstrahl. Ich
bin allein, ich bin zu Hause und bedrückt, weil
ich meinen Körper wieder rot bemal'.

Wo bist du denn hin, und deine Wärme und dein Lächeln? Ich vermisse alles so sehr. Ein Strich geht noch, ich leide und glaube, ich kann langsam nicht mehr.

Die Farbe wird dichter, wird schmerzhaft und fließt am Unterarm den Adern entlang. Mein Geist, meine Seele und Fleisch – alles in einem harmonischen Klang.

Der kleine Sonnenstrahl... ich sehe ihn und dich, ihr werdet eins, ich hab' mich geirrt. Ich dachte, du kommst zurück, und deine Wärme und dein Lächeln. Stattdessen habe ich nur neue Narben kreiert.

Ich vermisse dich so unglaublich fest. Aber ich bin auch auf das nächste Kapitel meiner Geschichte gespannt.

zweimal links, einmal rechts

Ich finde, es ist die schlimmste Art des Schmerzens, jemanden so sehr zu vermissen, dass sich die Augen sofort und unwillkürlich mit Tränen füllen. Dieser schreckliche, schockierende Moment im Leben, in dem man es erfährt, dass man seine geliebte Person so schnell wie möglich vergessen muss; dass man die Person nie wieder in Arm nehmen kann; dass man ihre Nähe nicht mehr spüren wird.

Die Beine werden weich wie aus Watte. Man hat das Gefühl, man kann nicht mehr gerade stehen. Die Hände fangen an zu zittern. Man lässt alles fallen. Die Brust wird enger und man hat das Gefühl, gleich zu ersticken. Die Luft wird schwer, der Blick wird verschwommen. Der Mensch, der außen noch aufrecht steht, kniet innen nieder.

Aber... ich werde dich nie vergessen. Du wirst für immer ein Teil meines Lebens bleiben. Ein Teil, was irgendwo in meinem tiefsten Inneren schlummert und mich ab und zu an all die schönen, gemeinsamen Momente erinnert.

Es ist verdammt schwierig, mich an den Alltag ohne dich zu gewöhnen; morgens aufzuwachen und allein zu Hause zu sein. Ich werde von leeren Wänden umhüllt und beobachtet. Alle Bilder und Fotos musste ich wegmachen. Dieser Anblick und all die Erinnerungen, die dann hochgekommen waren – das ertrug ich nicht.

Mehrere Tassen Kaffee und eine halbe Schachtel Zigaretten wurden zu meinem täglichen Frühstück. Ich sitze auf der Terrasse, da wo wir immer zusammen saßen, starre in den Himmel und vergifte mich mit dem Rauch. Mit jeder nächsten Zigarette habe ich das Gefühl, als würde ein Teil von mir selbst zusammen mit ihr verbrennen – auf eine komische Art und Weise beruhigt mich dieser Gedanke.

Ich wäre jetzt so unglaublich gerne bei dir. Aber ich weiß, nun gehörst du zu meiner Vergangenheit und ich muss in die Zukunft blicken. Ich muss weitergehen.

Vielleicht ist es nicht die beste Art der Ablenkung, aber es ist auf jeden Fall den Versuch wert, mir ein Profil auf einer Dating-Plattform zu erstellen. Was soll denn schon passieren?

Die Menschen, die mir angezeigt werden, sind wahrscheinlich genauso zerstört und am Boden, wie ich es bin. Oberflächlichkeit vom Allerfeinsten – oberkörperfreie Fotos mit einem abgeschnittenen Gesicht, die nichts zum Ausdruck bringen. Als würden alle nach einer Bestätigung suchen; nach ein paar geilen Kommentaren. Ich bin schockiert.

Zweimal nach links wischen.

Dann sind da noch die Menschen, die schöne Bilder von sich hochladen und eine ausführliche Biografie dazu schreiben. Sehr ansprechend.

Einmal nach rechts wischen. Kein Match.

Und dann bist auch du da, Ian. Superlike – nur um sicher davon auszugehen, dass du mich auch bemerkst.

der vertraute Fremde

Mehrere lange Wochen vergingen. Immer noch fällt es mir schwer, mich an das neue, einsame Leben zu gewöhnen. Meinen bisherigen Job kündigte ich und lebe momentan von meinen Ersparnissen. Ich muss ein paar private Sachen in Ordnung bringen, bevor ich wieder arbeiten gehen kann. Angefangen mit heute.

Denn heute ist der Tag, an dem endlich meine Wohnung in Ordnung bringe. Der Kaffee läuft schon und die Zigarette ist fast zu Ende. Fenster sind seit frühem Morgen offen. Ich muss den Rauchgestank irgendwie wegbekommen – etwas lüften sollte vielleicht helfen. Aber einen schönen Raumduft könnte ich auch gebrauchen. Den setzte ich sofort auf meine Einkaufsliste.

Nachdem ich mit allem, was ich vorgehabt hatte, fertig wurde und der Müll draußen war, ziehe ich mich um und mache mich auf den Weg ins Einkaufszentrum. Ich muss mir etwas Gutes tun und was ist denn schon besser, als sich neue Klamotten zuzulegen? Mit dem Bus dauert der Weg ungefähr 20 Minuten. Und schon stehe ich vor einem riesigen Glasgebäude mit einer Drehtür, die ich voller Begeisterung betrete.

Zuerst hole ich den Raumduft, der auf meiner Einkaufsliste steht – bevor ich es vergesse. Danach geht es schon in eine Drogerie, in der ich mir ein paar Gesichtsmasken kaufe. Ich gehe weiter in meine Lieblingsgeschäfte mit Vintage-Klamotten.

Dort stehe ich an der Kasse, drei Kleidungsstücke in meiner Hand haltend, und bemerke im Augenwinkel eine bekannte Gestalt. Zufälle sind miese Verräter. Das darf doch nicht wahr sein.

Schnell bezahlt und raus aus dem Laden!

Ich setzte mich auf eine Bank, hole mein Handy heraus und öffne die Notizen. Ich muss es sofort in Worte fassen, was in meinem Kopf vorgeht.

Heute traf ich einen Fremden beim Einkaufen.
Und plötzlich konnte ich gar nicht mehr weiter-

laufen.

Denn ich wusste, wie der Fremde heißt und wie alt er ist. Was er mag, was er liebt und hasst, was er vermisst.

Seine Lieblingsfarbe und sein Lieblingsessen. Was empfindet er als unangemessen.

Heute traf ich einen Fremden beim Einkaufen. Und dann dachte ich nur noch an ihn. Denn der Fremde war mir gar nicht so fremd. Wie er es am Anfang zu sein schien.

Irgendwann treffen sich unsere Blicke. In der Leere, die zwischen uns herrscht. Und dann spüre ich komisches Kribbeln im Bauch. Ich frage mich, ob es dir genauso geht, Ian?

unwiderstehlich

Wir treffen uns und es kommt direkt dazu. Warum bin ich so? Es passiert einfach. Wir landen im Bett.

Ich verliere mich in deinen meerblauen Augen. Ich könnte stundenlang in sie hinein starren, ohne dabei ein Wort miteinander austauschen zu müssen, und es würde mich nicht langweilen. Sie sind einfach magisch.

Ich werde richtig schwach, wenn du mich so schweigend anschaust und anlächelst. Ich kann es spüren, wie meine Wangen rot anlaufen. Daraufhin kommt ein verlegenes «was?» meinerseits, gefolgt von deinem «nichts». Und dann schaust du weg. Mein Blick wandert zu deinen strahlenden Zähnen. Ich weiß, ich bin komisch, aber ich finde nichts attraktiver als schöne, gepflegte Zähne.

Man weiß nie, was morgen kommt. Man muss im Jetzt leben; den Moment genießen. Küssen, als wäre es der letzte Kuss. Und genau das tue ich.

Ich warte ein paar Sekunden und handle dann aus dem Reflex – ich umfasse dein markantes Gesicht in meine Hände und verschließe unsere Lippen in einem ewigen, liebevollen Kuss.

Ich kann dir einfach nicht widerstehen. Aber genauso wenig kannst du es.

Ich muss gestehen, es ist so ein wunderschönes Gefühl, dich in meinen Armen zu halten. Ich möchte, dass die Zeit anhält. Ich möchte, dass das, was wir gerade haben, nie aufhört. Ich weiß, ich bin verrückt. Aber das war ich schon immer. Ein Tagträumer.

Und dann kommt der eine unangenehme Moment, in dem du auf meine frischen Narben starrst. Durch meinen Kopf rattern plötzlich tausende Sachen, die du dir dabei denken könntest.

Du schaust mich enttäuscht an.

Und mir wird klar, manchmal müssen wir mit etwas endgültig abschließen; das Tor öffnen, welches uns zu einem neuen, anderen Weg führt. Auch wenn wir es in diesem Moment überhaupt nicht wollen; auch wenn es uns schwerfällt. Tief im Inneren wissen wir jedoch, es ist der einzig richtige Weg, den wir gehen müssen. Wichtig ist es, sich den ersten Schritt zu wagen. Und mit jedem nächsten wird es immer leichter.

Ich muss einen Schlussstrich über meine Vergangenheit ziehen und hoffnungsvoll in die Zukunft blicken.

laute Stille

Heute treffen wir uns wieder. Abgemacht wurde, dass du mich um 16 Uhr abholst. Wohin wir fahren bleibt noch offen. Du willst mich überraschen. Dann bin ich mal gespannt.

Zur Begrüßung bekomme ich ein leises «hey» und eine sanfte Umarmung. Du machst mir die Tür auf – ein richtiger Gentleman. Ich steige in dein Auto ein und wir fahren los. Die Sitzheizung ist bereits angemacht, obwohl es gar nicht nötig wäre. Es ist nicht so kalt an diesem Tag. Ich finde es trotzdem richtig süß von dir.

Es gibt so viele Themen, die ich jetzt gerne mit dir besprechen würde; so viele Fragen, die ich dir gerne stellen würde. Und doch bleibe ich in mich verschlossen.

Seltsam. Ein sehr seltsames Gefühl – jede Körperstelle seines Gegenübers zu kennen und gleichzeitig so wenig über ihn zu wissen. Unabhängig davon, wie lange man sich bereits kennt.

Manche Menschen bleiben geheimnisvoll; sie bleiben ein Mysterium; sind wie die Bücher in einer dunklen Ecke des Regals, die für immer geschlossen bleiben, und lassen uns an ihre Geschichten nicht ran. Zumindest nicht an alle.

Ich schaue zu dem großen, gelb leuchtenden «M» in der Ferne. Eigentlich habe ich mega große Lust auf einen saftigen Burger und ein paar Pommes dazu. Aber irgendwie traue ich mich nicht, meine Bedürfnisse laut auszusprechen. Ich warte eher darauf, bis du selber darauf kommst und mich danach fragst. Leider passiert es nicht.

Wir fahren weiter und schweigen uns an. Ich starre aus dem Fenster und beobachte die Berge. Schon immer fand ich sie faszinierend. Majestätisch. Dann öffne ich meine Notizen.

Stille ist oft viel lauter

als sie zu sein scheint.

Endlich kommen wir an unserem Ziel an. Oder besser gesagt an deinem Ziel.

Ein schöner Aussichtspunkt, ganz oben in den Bergen. Draußen ist es bereits dunkel. Am Horizont sieht man eine leuchtende Stadt – kleine blinkende Punkte – und darüber einen Sternenhimmel. Wir bleiben im Auto sitzen. Deine Hand liegt auf meinem Oberschenkel und langsam wandert sie immer höher.

Ist das denn deine Überraschung?

Gerne würde ich dir diese Frage laut stellen. Aber auch jetzt scheitere ich und stattdessen lasse ich dich einfach weitermachen. Schließlich möchte ich dich nicht enttäuschen. Außerdem waren meine Bedürfnisse jedem schon immer gleichgültig.

Aber das wird nicht mehr vorkommen – belüge ich mich selbst.

das Gefühl der Freiheit

Eines Tages stürmst du plötzlich bei mir in die Wohnung rein. Deine olivgrüne Regenjacke ist komplett nass und auf dem Boden im Flur sieht man jetzt deine matschigen Fußabdrücke. Ich könnte dich dafür erwürgen.

– Alec, wir müssen reden – sagst du ganz besorgt, gibst mir deine Hand und führst mich in die Richtung der Couch im Wohnzimmer. – Zeig mir deine Arme, bitte, und erzähl. Erzähl mir, warum du das machst?

Schau dich an, so vernarbt will dich niemand mehr. Stell dich nicht so an. Geh doch raus, an die frische Luft, das tut dir auch gut. Du machst das nur aus einem Grund, damit du mehr Aufmerksamkeit bekommst. Hör auf damit.

Diese Sätze schweben jetzt durch meinen Kopf in einer endlosen Schleife. Es ist mir sehr unangenehm, über dieses Thema zu sprechen. Ich versuche dich davon abzulenken und setze mich auf dein Schoss, umrande dein Gesicht mit meinen Händen und fange an, deinen Hals liebevoll zu küssen. Anfangs lässt du dich mitreißen und ich triumphiere innerlich meinen kleinen Erfolg. Ich weiß, dass du es willst. Bis du mich rapide an den Handgelenken packst. Deine Reaktion überrascht mich.

– Hör auf. Du kannst mit mir darüber reden – sagst du trocken, mir dabei in die Augen schauend.

– Ich will aber nicht darüber reden.

Das ist auch die Wahrheit. Ich will es nicht. Ich will nicht schon wieder falsch verstanden werden. Ich will mir nicht schon wieder anhören müssen, was ich alles anders machen könnte. Es ist mein Fluchtweg. Es ist meine Art, das Gefühl der Freiheit wieder zu spüren. Es beruhigt mich, die dunkelrote Flüssigkeit gefüllt mit meinen Emotionen, die meinen Körper verlässt, zu beobachten.

– Dann versprich mir wenigstens, das nicht mehr zu machen. Ich bin für doch dich da!

– Okay, versprochen – sage ich dabei sehr selbstbewusst wirkend.

Danach machen wir dort weiter, wo wir aufhörten.

Nur dass ich komplett abwesend bin. Mit meinen Gedanken bei der Lüge, die ich dir gerade eben erzählte; und du sie mir mit solch einer Leichtigkeit glaubtest. Oder auch nicht. Ich weiß es nicht.

Selbstzweifel

Wir sind in meinem Lieblingsrestaurant und alle Servicekräfte begrüßen uns mit breitem Lächeln im Gesicht. Es ist ein richtig tolles Gefühl, muss ich ehrlich gestehen. Ich genieße es immer wieder aufs Neue, an einem Ort so sehr willkommen zu sein.

Kaum sitzen wir an dem Tisch, schon kommen unsere Getränke. Eine Karaffe mit einem halbtrockenen Spätburgunder und dazu große Flasche Wasser mit Kohlensäure.

In solch einem Lokal fühlt man sich wie ein König.

Aber meine Glücksgefühle, genauso wie der Hunger, vergehen ziemlich schnell. Du redest schon wieder kaum mit mir und ich muss ständig das Gespräch am Laufen halten. Irgendwann weiß ich selber nicht mehr, was ich dir sonst noch erzählen oder welche Fragen ich dir stellen kann. Warum bist du immer so verschlossen?

Du findest eine Ablenkung in deinem Handy. Von Zeit zu Zeit starrst du auf dein Bildschirm; dann erscheint ein leichtes Lächeln in deinem Gesicht; du legst das Handy für eine kurze Weile weg; schaust mich verliebt an; isst weiter. Und dann fängt der Teufelskreis wieder von vorne an.

Die anderen Restaurantbesucher scheinen auch viel interessanter zu sein, als ich. Ich bin gespannt, ob du morgen mit Nackenschmerzen aufwachst, so oft und dynamisch wie du deinen Kopf bewegst. Als hättest du Angst, etwas zu verpassen.

Ich finde es überhaupt nicht schlimm, wenn man andere Menschen attraktiv findet. Ganz im Gegenteil. Aber muss man es so offensichtlich vor seinem Partner zeigen? Muss man mein Selbstwertgefühl so krass erniedrigen? Ich frage mich die ganze Zeit, ob ich dir überhaupt genüge.

Wohin führt mich dieser ganze Wahnsinn noch?

– Was ist mit dir? Du bist so ruhig – sagst du, nachdem wir das Restaurant verlassen hatten.

– Nichts. Was soll denn schon mit mir sein? Ich bin einfach müde.

Müde davon, immer das Gefühl zu haben, eine Option statt eine Priorität zu sein.

– Alec, ich kenne dich mittlerweile. Ich weiß, dass irgendetwas nicht in Ordnung ist und du kannst es mir offen sagen.

– Es ist nichts.

Schon immer hatte ich Schwierigkeiten damit, meine Gefühle über Worte zum Ausdruck zu bringen.

endloser Fall

– Stell dir vor, du landest eines Tages auf einer magischen Insel. Dein Leben wird zu einer Idylle. Du hast keine Sorgen. Du kannst jeden Tag ausschlafen und all das machen, worauf du Lust hast.

– Bist du auch auf dieser Insel? – unterbrichst du mich, deine Augenbrauen anhebend.

Daraufhin verdrehe ich nur meine Augen.

– Du genießt dein Leben so lange, bis eines Tages die Schatten deiner Vergangenheit anfangen, dir hinterherzurennen. Es sind keine normalen Schatten. Sie nahmen die Form von schwarzen, dämonischen Hunden, die unmittelbar aus der Hölle auf diese Insel geschickt wurden. Irgendwann befindest du dich am Rand einer Klippe und dir bleibt nichts anderes übrig als zu springen. Du könntest dich natürlich von den Hunden zerfleischen lassen, aber das wollen wir nicht. Wir wollen nicht aufgeben. Also du entscheidest dich herunterzuspringen. Aber du hast große Angst. Nicht vor dem Sprung an sich, aber davor, viel zu tief zu fallen und dann keinen Weg aus diesem Loch hinauszufinden, in dem du dich schon einmal befandest.

Du schaust mich schweigend an. Und ich bin mir nicht sicher, ob du verstehst, was ich dir hiermit versuche zu erklären.

– So ungefähr fühle ich mich. Ich habe Angst, Ian, dass ich wieder in dieses Loch falle.

– Aber aus welchem Grund? Ich bin doch für dich da.

Ich glaube, wir werden uns nicht verstehen.

Du fährst mich nach Hause, weil ich dich darum tausendmal bat. An diesem Abend fühle ich mich nur dort sicher. Nur dort kann ich frei sein.

Nur dort wird mein unschuldiger Körper zu meiner eigenen Karte. Ich nehme den scharfen Stift in die Hand. Der von mir gemalte und mit Gefühlen gefüllte Fluss fließt rasant Richtung Süden.

Nur dort wird meine Angst beruhigt. Nur dort wird meine Trauer getröstet, Enttäuschungen werden gedämmt, Liebe wird ausgelöscht und ich werde befreit.

zweideutige Nähe

Heute gönnen wir uns beide einen *Gammeltag*. Draußen ist alles grau und leblos. Keine einzige Seele ist auf den Straßen zu sehen. Der Regen klopft gegen die Scheiben. Das perfekte Wetter, um sich eine warme Schokolade mit Sahne vorzubereiten, sich eine warme Kuscheldecke zu schnappen, sich auf die Couch zu legen und den Fernseher anzumachen.

Ich darf den Film aussuchen, den wir gleich anschauen werden. Oft fällt es mir sehr schwer, eine Wahl zu treffen. In jeglicher Lebenssituation. Du weißt es ganz genau und zwingst mich immer wieder zum *Training*, indem du mich öfter etwas entscheiden lässt. Meistens kommt nur ein leises *egal* von mir, aber nicht in diesem Fall. Sofort entscheide ich mich für «Drei Schritte zu dir».

– Nicht schon wieder – sagst du gelangweilt und verdrehst die Augen, aber es ist mir völlig egal. Du ließest mich doch entscheiden und jetzt bist du mit meiner Wahl nicht zufrieden?

Selber schuld. Aber woher kommt dieses Selbstbewusstsein meinerseits? Ich bin schockiert und in diesem Augenblick auch sehr stolz auf mich.

– Oh, doch! Schon wieder! – antworte ich voller Begeisterung und kichernd.

Ich liebe diesen Film. Und noch mehr liebe ich seine tiefere Bedeutung. Wir Menschen sehnen uns nach Berührung, nach Nähe zu einem anderen Menschen. Was würde ich nur tun, wenn ich dich nicht mehr in meinen Armen halten dürfte; wenn ich immer drei Schritte Abstand zu dir halten müsste?

Deine weichen Lippen an meinem Nacken oder unsere zusammengeflochtenen Finger. Deine sanften Massagen; deine kalten Ohren, die ich so gerne anfasse – auch wenn das komisch klingt. Diese Enge, wenn du meinen ganzen Oberkörper von hinten mit deinen Armen umrandest, festdrückst, sodass ich mich keineswegs bewegen kann, und nicht loslassen willst. Es sind Kleinigkeiten, die eine gemütliche Wärme in meinem Inneren erzeugen, die die Seele zum Strahlen bringt.

Gegen Ende des Filmes fange ich natürlich an zu flennen. Aber ganz ehrlich, wie kann man bei dieser Szene nicht flennen?

– Aww, du bist so süß! Komm her – sagst du und gibst mir eine sehr lange Umarmung, um mich zu trösten.

Eine wirklich sehr lange Umarmung. Du bist so fürsorglich und liebevoll, denke ich mir. Bis ich eine harte Wölbung in deiner Hose spüre und die Umarmung immer intensiver wird. Muss das jetzt sein? Schon wieder?

In meinem Kopf erscheint die Frage:

Geht es dir eigentlich immer nur darum?

nachgiebig

Nach einem langen Gespräch über die entstandene Situation verzeihe ich dir deine Perversitäten, wenn man es so nennen kann. Zumindest fürs Erste. Du versprichst mir auch, dies nicht mehr zu tun. Auch wenn ich skeptisch gegenüber Versprechen bin, glaube ich es dir; und bin gespannt, wie lange das Versprechen hält.

Ich gebe meistens sehr schnell nach, auch wenn es mich danach noch lange beschäftigt.

Ist es ein Zeichen von Stärke, weil ich nicht nachtragend bin? Oder ein Zeichen von Schwäche, weil ich meine Gefühle nicht richtig zum Ausdruck bringen kann?

Ich bin eher schwach. Es gibt nichts Wichtigeres, als sich ehrlich zu äußern; als hinter eigenen Bedürfnissen zu stehen; als eigene Meinung zu vertreten.

Oft fressen wir Probleme und Gedanken in uns hinein, was zu unserer Selbstzerstörung führt. Wir sprechen die vier Worte laut aus. *Es ist alles gut.* Und in der Wirklichkeit zerbrechen wir uns den Kopf. Wir sind unkonzentriert, können nicht einschlafen. Dabei ist die Lösung für diese Probleme so einfach. Und doch tun sich viele schwer damit. Ich glaube, es gehört zu einem meiner Lieblingsparadoxe.

Ich mag dir verziehen zu haben, trotzdem bin ich enttäuscht. Trotzdem geht es mir nicht gut. Und das weißt du ganz genau. Du tust alles, um meine Laune zu verbessern. Das schätze ich an dir so sehr wert. Du redest mit mir jedoch nicht mehr darüber. Das stört mich wiederum an dir.

Du besorgst dir frei auf der Arbeit und planst ein Wellnesswochenende für uns zwei – in einem wunderschönen, modernen Hotel mit einem Whirlpool auf dem Balkon und einer Flasche Champagner. Den Tag darauf verbringen wir in einem privaten SPA. Schweigend tun wir etwas Gutes für unsere Körper und Seelen. Zumindest denkst du das.

Mich bringt das Schweigen um. Aber ich bin immer noch zu schwach, um es laut auszusprechen. Ich hoffe, ich lerne es mit der Zeit, über meine Gefühle zu reden; alles zum Ausdruck zu bringen, was tief in mir schlummert.

Nach dem kurzen Urlaub scheinst du enorm entspannt zu sein. Das kann ich über mich selbst nicht sagen. Ich frage mich, wann du endlich begreifst, dass für mich materielle Sachen oder Geschenke keinen so großen Wert haben, wie ein ehrliches Gespräch oder füreinander da zu sein.

Ich muss aber gestehen, ich bin beeindruckt von dir. Dieses Wochenende verbrachten wir ohne körperliche Nähe, die weiter hinausging als eine liebevolle Umarmung.

Bist du vielleicht doch nicht so sexsüchtig, wie ich bis jetzt immer dachte?

Bauchgefühl

Das Bauchgefühl eines Menschen ist schon eine merkwürdige Sache. Etwas Übernatürliches würde ich sogar sagen. Ich höre immer wieder darauf. Und es enttäuscht mich nie. Auch in diesem Fall nicht.

An dem einen Tag vergisst du dein Geschäftshandy bei mir und machst dich auf den Weg zu deinen Eltern. Du gibst mir einen sanften Kuss auf die Stirn und betrittst die Türschwelle. Ich winke dir noch aus dem Fenster und dann überlege ich, wie ich mir den Tag gestalte. Ewig lang dauert diese Überlegung nicht.

Ich trinke meinen dritten Kaffee, auf der Couch sitzend und dein Handy auf dem Tisch anstarrend. Es leuchtet nie auf, da du deine Benachrichtigungen stumm schaltetest. Und dann erscheint dieser eine Gedanke in meinem Kopf, deine Nachrichten zu kontrollieren. Warum aber? Warum muss ich daran denken? Man sollte seinem Partner doch immer vertrauen können. Und du gibst mir ja keinen Grund dafür, dir nicht vertrauen zu können. Oder?

Vertrauen ist gut. Kontrolle ist besser.

Hör auf, sowas zu denken! Kontrolle ist nie gut. Kontrolle ist ein Vertrauensbruch! Es ist ein Angriff in die Privatsphäre eines anderen Menschen. Und das ist auf keinen Fall richtig.

Aber eigentlich bin nur ich die einzige Person auf dieser Welt, der ich vollkommen vertrauen kann. Letztendlich stehe ich sprunghaft auf und schnappe mir dein Handy.

Wer zur Hölle ist Sergio? Was für Kaffeetreffen, verdammt?

Kennt ihr diesen Angstzustand, welchen man dabei verspürt, wenn man etwas herausfindet, was man gar nicht herausfinden wollte? Es ist eine andere Art von Schmerz.

Das Herz fängt an zu flattern. Es fängt an innerlich zu wandern. Immer höher. So hoch, bis man das Gefühl hat, gleich zu ersticken, weil das Herz im Hals steckenbliebt. Und man bekommt kein Wort mehr raus. Ein leichtes Seufzen. Und das war es. Die Augen füllen sich mit

Tränen, die Hände und Beine zittern unwillkürlich. Man verliert die Kontrolle über seinen eigenen Körper.

Danke, dass du mich dabei aushalfst, mir meinen Tag zu gestalten.

Jetzt stehe ich im Wohnzimmer und laufe im Kreis um den Couchtisch. Und das mehrere Stunden lang, langsam die Angst und Trauer in Wut umwandelnd.

Endlich kommst du zurück.

– Hey Schatz, wie war dein Tag?

Unglaublich spannend.

entfernte Zukunft

– Wir müssen etwas Ernstes besprechen – sage ich, kann dir jedoch dabei nicht in die Augen schauen.

– Ja, da hast du recht – antwortest du und kommst auf mich sehr glücklich und schnell zu. Danach nimmst du mich in den Arm und drückst ganz fest. – Ich habe Neuigkeiten! – sagst du euphorisch.

Ich bin auf deine Neuigkeiten sehr gespannt, deswegen lasse ich dich zuerst sprechen.

– Ich habe mit meinen Eltern gesprochen und sie wären bereit, uns finanziell zu unterstützen! – Du siehst sehr erwartungsvoll aus. Als würdest du auf eine Reaktion meinerseits warten. Aber ich habe leider keine Ahnung, wovon du sprichst. Nach einer kurzen Weile schnallst du das endlich und erweiterst deine Aussage. – Ich bin mir so ziemlich sicher, dass ich den Rest meines Lebens zusammen mit dir verbringen möchte.

– Ziemlich sicher? Das hört sich aber nicht so sicher an – unterbreche ich dich, eine Augenbraue hochhebend.

– Alec. – Du verdrehst deine Augen. – Wäre es nicht schön, wenn wir endlich zusammenziehen? – sagst du ganz leise, wie ein kleiner beschämter Junge, der einen Lob für seine hässliche Zeichnung hören möchte. – Ich habe zwar Ersparnisse, aber nicht ausreichend. Meine Eltern würden uns das restliche Geld, was uns fehlt, schenken. Wir könnten gemeinsam eine Wohnung kaufen. Oder ein süßes Häuschen, irgendwo auf einem Dorf. In einer ruhigen Gegend, mit einem kleinen aber feinen Garten. Damit unser Hund auch draußen im Freien herumhüpfen kann. Was sagst du dazu?

Schweigend und ihn anstarrend bleibe ich an einem Fleck stehen. Ich muss es mir kurz durch den Kopf gehen lassen.

– Magst du nicht mit mir zusammenziehen? – fragst du ganz traurig. – Oder überfordert dich der Gedanke, dass wir einen Hund kaufen oder adoptieren würden? Das können wir auch erst in weit entfernter Zukunft entscheiden. Wir machen all das, was du willst, was dir guttut.

– Jetzt lass mich doch kurz darüber nachdenken.

Ja, du hast recht. Ich bin komplett überfordert damit, wie du bereits unsere gemeinsame Zukunft planst.

Wir klären alles zwischen uns. Wirklich alles.

Und deine Rede hörte sich wirklich toll an. Sie lässt meine Ängste eindämmen. Ich liebe dich. Und Liebe macht blind, nicht wahr? Ich glaube, du könntest es ernst mit mir meinen. Hoffnungsvoll lasse ich mich darauf ein.

– Unter einer Bedingung. Den Namen für den Hund suche ich aus.

Deine Augen strahlen vor Freude.

Allesplaner

Der Wecker klingelt. Wir stehen auf. Und dann geht es los. Der pure Stress fängt an.

– Wir kommen zu spät! – schreie ich ständig und packe die letzten Sachen ein.

Du putzt dir währenddessen ganz entspannt deine Zähne, scrollst dabei auf dem Handy, hörst Musik und summst zu den Liedern.

Das ist wieder der eine Moment, in dem ich dich gerne erwürgen würde. Mit großen Schwierigkeiten schaffe ich es, dieser Versuchung zu entkommen und schnappe mir deinen Reisepass. Immer muss ich an alles denken und alles organisieren.

– Ian, ich bitte dich! – Ich wedle mit dem Reisepass vor seinem Gesicht und meine Stimme wird immer strenger.

– Entspann dich, ich hätte an ihn schon gedacht – sagst du in aller Seelenruhe, gleichzeitig mich zur Weißglut bringend.

Nach mehreren Stunden kommen wir endlich an unserem Ziel an. Der Ausblick vom Balkon unseres Hotelzimmers ist bezaubernd. Türkisblaues Meer, glänzender Sand, sich aufgrund der leichten Brise vorbeugende Palmen und ein pink-orangener Sonnenuntergang. Du und ich – auf den Stühlen sitzend und Gläschen Wein trinkend. Ich wünsche mir, dass die Zeit innehält und der Moment ewig bleibt.

Aber bin ich mir dieses Wunsches so sicher?

Es ist das erste Mal, dass wir beide über längere Zeitspanne dauernd aufeinander hocken.

Und was meine ich damit?

Zwei Wochen lang wachen wir gemeinsam auf, wir frühstücken zusammen, entspannen am Strand, gehen am Mittag etwas essen, verweilen abwechselnd im Pool und an der Sonne, gehen abends gemeinsam ins Bett. Und am nächsten Tag fängt alles wieder von vorne an. Die Gesprächsthemen werden immer knapper, die Privatsphäre immer enger, die gemeinsame Zeit immer weniger kostbar.

Verstehe mich nicht falsch, ich genieße es wirklich sehr. Aber ich genieße es auch, dich über ein paar Tage nicht zu sehen und diese gemeinsame Zeit ein bisschen zu vermissen.

Du wärst sofort bereit, mit mir zusammenzuziehen. Und ich weiß nicht, ob mich dieser Schritt nicht zu sehr überfordern würde. Zumindest jetzt.

Normalerweise liebe ich es, alles geplant, organisiert und strukturiert zu haben. Aber was die Planung unserer gemeinsamen Zukunft angeht, möchte ich es erstmal offen lassen.

starke Wurzeln

Den heutigen Tag verbringen wir in der Natur. Ich liebe es, die warmen Sonnenstrahlen im Gesicht zu spüren. Dazu kommen noch das Zwitschern der Vögel und eine leichte Brise, die unsere Haut streichelt. Das ist meine Definition eines perfekten Tages. Ich bin mir sicher, dass niemand und nichts imstande ist, mir diese Vorstellung zu zerstören. Und du schaffst es, diesen Tag sogar noch schöner zu machen!

Während wir Händchen haltend über die Wiese spazieren, kommst du plötzlich auf eine grandiose Idee, irgendwo einen Baum einzupflanzen.

– Warum denn? – frage ich überrascht und bin anfangs nicht so sehr von dieser Idee überzeugt.

Bis du sie mir erklärst.

– Du sagst doch immer, es sind die kleinen Dinge im Leben, die wirklich zählen. Wir könnten symbolisch einen Baum einpflanzen und uns zusammen darum kümmern. Beobachten, wie er wächst; wie stark seine Wurzeln werden. Auch wenn sie nicht sichtbar sind. Ich glaube, wir würden sie spüren. Wie in einer Beziehung. – Du machst eine kurze Pause und ich merke, dass du gerade weiter grübelst. Deswegen unterbreche ich dich nicht. – In unserer Beziehung! Der Baum wäre eine Metapher von uns selbst. Er würde für eine stärkere Bindung zwischen uns sorgen.

Ich höre dir sehr aufmerksam zu und möchte nicht, dass du aufhörst zu reden.

– Wir müssen es nicht machen, es war nur eine Idee, die mir spontan in den Kopf kam – du kratzt dich verlegen am Kopf.

– Spinnst du? Ich finde diese Idee wunderschön! Wirklich!

Ich bewundere dich oft, wie viele Gedanken du dir machst; was du dir einfallen lässt.

Voller Begeisterung fahren wir zusammen in einen Baumarkt und suchen nach passenden Samen. Nicht lange überlegend entscheide ich mich für eine Birke – das Symbol des Neubeginns, der Liebe und des Lebens.

Außerdem finde ich die helle Rinde faszinierend, die doch mit dunklen Flecken bedeckt ist. So wie wir – Menschen mit ihren Lastern; mit ihren glänzenden Seelen, die auch dunkle Spuren der Vergangenheit beinhalten.

Die Birke war bereits im Mittelalter ein fester Bestandteil der Volksheilkunde. Und vielleicht ist es etwas egoistisch meinerseits aber ich habe eine kleine Hoffnung, dass dieser Baum, unser Baum, nicht nur unsere Beziehung stärken wird, sondern auch zur Heilung meiner Seele führt.

Vergangenheitsschatten

Oft werde ich von den Schatten meiner Vergangenheit eingeholt.

Die Spinne in meinem Zimmer hockt an der Decke; in ihrer gemütlichen Ecke. Und ich habe Angst vor ihr.

Vertreibe sie doch! – sagen mir alle ständig. Und ja, das könnte ich machen. Ich hätte zwei Möglichkeiten und bin unzufrieden mit allen beiden.

Ich könnte ein Glas und ein Blattpapier in die Hand nehmen; die Spinne aus meinem Zimmer vertreiben; ihr nicht erlauben zu bleiben; Platz für eine neue freimachen und am nächsten Morgen... allein aufwachen.

Oder ich könnte sie auch töten. Schnell und schmerzlos; für uns beide. Ist es richtig? Diese eine Möglichkeit, die ich vermeide?

Sie war schon immer da und egal welche Entscheidung ich treffe – loslassen oder umbringen –

die Einsamkeit wird mich verschlingen.

Die Folge bleibt gleich, egal was ich mache, dass ich am nächsten Morgen allein aufwache.

Und in der Ecke bliebt nur ein Spinnennetz, dessen Teil ich selbst weiter webe, wenn ich meinen Kopf erhebe und in den Gedanken schwebe.

Jeder Mensch hat solch eine Spinne in seinem Zimmer. Meine Spinnen sind eben die Erinnerungen. Die tiefsten Schatten meiner Vergangenheit. Immer wieder kommen sie zurück. Gewaltsam und unerwartet. Aber sie gehören auch zu mir. Sie sind ein Teil von mir selbst. Sie machen mich zu dem Menschen, der ich heute bin. Deswegen will ich sie nicht loswerden; ich will sie nicht umbringen. Auch wenn ich manchmal daran denke.

Alles in unserem Leben passiert aus einem bestimmten Grund. Daran glaube ich fest. Geschehene Ereignisse machen uns stärker, klüger und aufmerksamer. Nächstes Mal betrachten wir die gleiche Situation aus einer anderen Perspektive. Wir sind vorbereitet und können vieles vorhersehen.

Deswegen, selbst wenn ich oft von den Schatten meiner Vergangenheit eingeholt werde, bin ich etwas froh darüber.

Außerdem habe ich dich an meiner Seite.

Du lässt mich schnell alles wieder vergessen. Eine Umarmung reicht völlig aus und schon bin ich beruhigt; ich lebe wieder im Jetzt. Du lässt mich *an die Liebe glauben, die nicht wehtut.*

Dankbarkeitserklärung

Ich finde, wir sollten viel öfter unsere Dankbarkeit gegenüber anderen Menschen zeigen. Wir sollten ihnen viel öfter unsere Wertschätzung offenbaren. Ich weiß, es ist nicht immer einfach. Vor allem für die unter uns, die nicht so offen über ihre Gefühle sprechen können. Aber wir können es genauso gut über Taten zeigen. Meiner Meinung nach haben die Taten sogar einen viel höheren Wert als Worte.

Ich bin dir so unglaublich dankbar für alles, was du für mich tust.

Es sind die Kleinigkeiten, die wiederum eine große Rolle für mich spielen. Die mir zeigen, was ich dir bedeute. Es ist deine Liebe durch Worte, für die ich dankbar bin. Indem du mich stets darum bittest, dir zu schreiben, wenn ich gut zu Hause ankomme, weiß ich, wie wichtig ich dir bin. Indem du mich immer wieder daran erinnerst, eine Jacke anzuziehen, sobald es draußen etwas frischer wird. Indem du mich jeden Morgen fragst, ob ich gut schlief.

Es ist deine Liebe durch Taten. Wenn du den Regenschirm eher in meine Richtung hältst, damit ich nicht nass werde; wenn es mir schlecht geht und ich dir sage, dass ich keinen Hunger habe, und du trotzdem etwas Kleines zum Essen für mich vorbereitest; wenn du extra für mich kein Gel in deine Haare machst, weil du ganz genau weißt, dass ich sie gerne kraule und es nicht mag, wenn sie verklebt sind.

Ich bin dir für jede Blume dankbar, die du mir schenkst. Für jede Autofahrt, die du für mich erledigst. Für jedes Geburtstagsgeschenk, bei dem du dir so viele Gedanken und Mühe machst. Für jedes «pass auf dich auf», was du zu mir sagst.

Verliebt und mit dem Kopf in den Wolken schaue ich dich an, während du in den Fernseher glotzt. Ich frage mich, womit ich mir das verdiente; warum du so viel für mich tust? Ich freue mich sehr darüber und bin dir natürlich dankbar dafür. Trotzdem lassen mich die Gedanken nicht in Ruhe. Ich muss immer und alles tausendmal überdenken. Manchmal ist es richtig nervig, aber leider kann ich nichts dagegen machen.

Das Zuhause besteht nicht immer aus vier Wänden, einem Dach, schickem Teppich, großen Fenstern und schönen Blumenvasen.

Viel öfter besteht es aus zwei Armen, einem Brustkorb, der Nähe und dem warmen Gefühl, was du dabei spürst.

Ich schlage mein Notizbuch zu, dabei meinen Kopf in einen melancholischen Zustand versetzend.

Und ich danke dir vom ganzen Herzen, dass ich mich bei dir wie zu Hause fühle.

LIEBHABER

Eines Tages stand ich plötzlich vor drei Türen. Die erste – ich selbst; meine Weiterentwicklung. Das traute ich mich nicht. Die dritte – meine Karriere; meine Zukunft. Zu viel Angst hatte ich. Die mittlere – du; deine meerblauen Augen; dein warmes Lächeln, das mich ermutigte; deine positive Energie... die mich täuschte. Drei Türen. Drei Entscheidungen.

Nicht lange überlegend entschied ich mich für dich. Nichts ahnend betrat ich die Tore der Hölle.

Es ist Winter und die Dächer der Gebäude sind mit einer flauschigen Schneeschicht bedeckt. In den Fenstern leuchten Sternschnuppen in verschiedensten Farben; in den Höfen stehen kleine Rentiere und Zwerge mit Weihnachtsmützen auf ihren Köpfchen.

Du bist außergewöhnlich schick angezogen, dafür dass wir einfach nur einen Tag in einem Freizeitpark verbringen möchten. Das ist aber ein süßer Anblick, ich beschwere mich überhaupt nicht, und die Fliege steht dir sehr gut. Zur Begrüßung gibst du mir deine Hand und zwingst mich zum provisorischen Tanz – inmitten tausender Schneeflocken, die um uns herum genauso tanzen.

– Was wird das hier? – frage ich etwas beschämt, die seltsamen Blicke der vorbeilaufenden Fußgänger spürend.

– Das wird der Anfang unseres Ausflugs, unserer Reise – antwortest du und fängst an, zu lachen. Oh, wie ich diese strahlenden Zähne liebe.

Jedoch deine Antwort lässt mich nicht in Ruhe. Ich überlege die ganze Zeit, welche tiefere Bedeutung sie haben könnte. Welche Reise meinst du? Oder meinst du wirklich nur diesen einen heutigen Ausflug? Vielleicht interpretiere ich zu viel rein. Wie immer.

In dem Freizeitpark ist es noch schöner, als in unserem Dorf. Das ist ja klar. Wir holen uns einen Glühwein an einem Stand und genießen ihn an einem ranzigen Holztisch neben der Eisbahn. Also ich genieße ihn auf jeden Fall; du scheinst ein wenig angespannt zu sein.

Dann laufen wir zu einer riesengroßen, leuchtenden Weihnachtskugel. Und dort wird mir der Grund für deine Aufregung klar. Plötzlich kniest du vor mir; alle Besucher des Freizeitparks beobachten uns und fangen an zu flüstern. Ich verstehe gar kein Wort. Dann holst du eine kleine Schachtel aus deiner Jackentasche heraus und stellst mir diese eine Frage, auf die sich jeder enorm freut.

Nicht lange überlegend sage ich – *ja* – und du nimmst mich sofort in deine Arme.

Wohin wird mich nur diese Antwort führen?

Jede Geschichte fängt mit dem Ende einer anderen an. Jede Geschichte trägt Echos der vorangegangen in sich.

Ich bin auf das nächste Kapitel meiner Geschichte gespannt.

JAKUB DEBOWSKI

Jakub (Kuba) Debowski, geboren 1999 in Tychy in Polen, kam im Alter von 16 Jahren nach Deutschland und absolvierte hier das Gymnasium mit Hauptprofilen Gesundheit und Pflege. In seiner Freizeit schreibt er sehr gerne Geschichten, trinkt übertrieben viel Kaffee und trifft sich mit seinen Freunden. Oder er trifft sich mit seinen Freunden, um gemeinsam übertrieben viel Kaffee zu trinken.

Finalist Young Storyteller Award 2023.

Instagram: @_nostalgium

TikTok: @d.jackob

Loved this book?
Why not write your own at story.one?

Let's go!